P. C. Zeller

Lepidopterologische Beobachtungen im Jahre 1870

Antigonos

P. C. Zeller

Lepidopterologische Beobachtungen im Jahre 1870

Jahre 1870

Unveränderter Nachdruck der Originalausgabe von 1871.

1. Auflage 2024 | ISBN: 978-3-38631-692-7

Antigonos Verlag ist ein Imprint der Outlook Verlagsgesellschaft mbH.

Verlag: Outlook Verlag GmbH, Zeilweg 44, 60439 Frankfurt, Deutschland, info@outlook-verlag.de
Vertretungsberechtigt: E. Roepke, Zeilweg 44, 60439 Frankfurt, Deutschland
Druck: Libri Plureos GmbH, Friedensallee 273, 22763 Hamburg, Deutschland

Lepidopterologische Beobachtungen im Jahre 1870

von

Prof. **P. C. Zeller.**

1. Psyche (Oiketicus) gigantea n. sp.
Taf. 2 f. 1—5.

Der längste Psychensack meiner Sammlung, der einer männlichen Ps. unicolor (graminella) ist nur 1½ Zoll lang; der vorliegende, den unser Präsident Dohrn in einer Sendung aus Pernambuco von unserm Mitgliede Flux erhielt, hat die Länge von 4 Zoll, zu der noch über ½ Zoll für den Anhang, womit er angesponnen worden ist, hinzu kommt! Da er weiblich ist und daher die Ausschlupfröhre des ♂ entbehrt, so lässt sich vermuthen, dass der männliche Sack nach dem Auskriechen gegen 5 Zoll lang sein wird. Nach der Analogie der andern Psychiden zu schliessen wird das Männchen ungefähr die Grösse der Lip. chrysorrhoea oder V-nigrum haben.

Der Sack ist mit einem dichten, filzigen, gelblichgrauen, am obern zolllangen Theil weisslichen Gewebe als Ueberzug bekleidet, dem Anschein nach erst kurz vor oder nach dem Anspinnen zur Verpuppung. Die Oberfläche dieses Ueberzuges ist durch die überall darunter hervorstehende Bekleidung des Sackes sehr uneben und mit Buckeln von ungleicher Höhe bedeckt, dabei ziemlich glatt und schwach glänzend; die Innenseite, deren Blosslegung nur durch Aufschneiden mit dem Federmesser möglich war, noch unebener, glanzlos, hell gelbbräunlich, mit allerhand Schmutztheilen und unregelmässig angehefteteten Haarflöckchen verunreinigt; das Gewebe ist so lederartig fest, dass es weder der Länge, noch der Quere nach zerrissen werden kann. Durch diese Dichtigkeit und Festigkeit unterscheidet sich also die Hülle des vorliegenden Sackes von dem flor- oder schleierartigen Ueberzuge der Psyche Graslinella (atra Frr.) oder Ps. apiformis.

Unter dem Ueberzuge ist der Sack nach Art der Ps. Graslinella mit quergelegten Kräuterstengeln bekleidet; am obersten und untersten Drittel sind sie zum Theil von der Dicke wie bei Ps. unicolor oder villosella, zum Theil noch schwächer; aber am mittelsten Drittel haben sie meist bei einer Länge von 6—7 Lin. einen Durchmesser von 2—3 Lin. Diese Pflöcke sind offenbar durch die Raupe zurecht geschnittene oder gebissene Stücke einer abgestorbenen Pflanze, und es sieht aus, als ob das Thier mit der Zurichtung grosse Mühe und am Tragen solcher umfangreichen Pflöcke eine schwere Last gehabt habe; allein das ist nur Schein, da sie aus einer ganz weichen Rindenschicht und so weichem Mark bestehen, dass eine feine Insectennadel sie nach allen Richtungen hin mit Leichtigkeit durchdringt; ihre Anheftung ist eine solche, dass sie im Durchschnitt ein sehr stumpfwinkliges, unregelmässiges Sechseck bilden.

Der durch diese Anhängsel verzierte Sack fig. 3, die eigentliche Wohnung der Raupe, ist von gleich lederartiger Beschaffenheit wie die Enveloppe und musste daher, damit das Innere sichtbar würde, gleichfalls mit Hülfe des Federmessers der Länge nach geöffnet werden. Fast die obere Hälfte desselben hat ein solches helles, schmutziges Gelbbräunlich zur Grundfarbe wie die Innenseite der Aussenhülle. Die grössere untere Hälfte, die etwas geräumiger und offenbar zur Lagerstätte für die Puppe zubereitet ist, ist mit weicher, aber glatt anliegender, weisslicher Seide ausgesponnen. Oberhalb dieser Lagerstätte, also über dem Kopf der Puppe, ist weissliche Wolle ziemlich reichlich, locker und unregelmässig ausgebreitet, und darin und weiter gegen das Ausgangsloch befand sich eine Menge der zarten Wollhaare vom Hinterleibe des weiblichen Schmetterlings, die dieser sich während seiner Lebenstage und seines Harrens auf das Männchen abgerieben hatte, und die sich leicht herausblasen liessen. — Das untere Ende des Sackes ist in einen 9 Lin. langen, anfangs engen, dann trichterförmig stark erweiterten, lockern, doch auch ziemlich festen Anhang verlängert, mit dem die Raupe ohne Zweifel ihre Wohnung an einen Baumstamm etc. angeheftet hatte, dass er vom Winde hin und her bewegt werden konnte. Die weibliche Puppe (fig. 4), grösser und nur wenig dünner als die einer weiblichen Smer. populi, ist 1³⁄₄ Zoll lang, etwas cylindrisch, im grössten Durchmesser 7 Lin., nach hinten allmälig, in der Thoraxpartie aber stark verdünnt, an letzterer glanzlos schwarz, am Reste des Körpers tief röthlich schwarzbraun und etwas glänzend, auf der Oberfläche nur hier und da fein querrunzelig, sonst aber glatt; nur das Enddrittel der mittelsten Segmente ist glanzlos, obgleich ohne alle Unebenheiten. Die 4 Paar Bauchfüsse der Raupe sind an der Puppe, gleichsam in eingezogener Gestalt, geblieben; es sind auf stumpfen Erhöhungen in die Quere gezogene Ringe, von feinen, concentrischen Falten umgeben. Die Nachschieber sind gleichfalls angedeutet; sie lassen sich unter den gehäuften Runzeln, womit das ganze stumpfe, etwas abwärts gebogene Analsegment bedeckt ist, als ovale, aus-

wärts mit Fältchen umzogene Wülste erkennen. Die Luftlöcher sind sehr sichtbar und so gross und gestaltet wie die
Bauchfüsse, nämlich elliptisch mit senkrechtem Durchmesser
und um den erhöhten Rand herum vorn und hinten mit sehr
feinen, concentrischen Fältchen eingefasst; sie liegen selbst
auf keinen Erhöhungen. — Der Vorderkörper, der verjüngteste
Theil der Puppe, nur 5 Lin. lang, ist sehr uneben, auf der
grössern untern Partie mit einer Menge zusammengedrängter
Knoten und Warzen bedeckt, auf dem Rücken nur mit seich-
ten, ungleichen Eindrücken und in der Mitte von einem Kiel
durchzogen, der auf der Stirn anfängt, allmälig niedriger
wird und am ersten Hinterleibssegment aufhört. Von Flügel-,
Bein-, Rüssel- und Fühlerscheiden ist gar nichts zu sehen;
Höcker scheinen, wie am Hinterleibe, die Stellen der Brustfüsse zu bezeichnen, zwischen deren hinterstem Paare die
Farbe der Schale hell braunroth ist. Eine hufeisenförmige
Furche zieht sich vor dem Anfange des Rückenkiels, am obern
Rande der Kopfpartie, querüber. In dieser Furche und in
der Mitte des Rückenkiels ist die Puppenschale beim Auskriechen des Schmetterlings aufgesprungen, ohne nachher
auseinander zu klaffen. Im Innern der Puppenschale ist eine
Menge Wolle vom Hinterleibe des Thieres, die es sich wahrscheinlich beim öftern Aus- und Einschlüpfen abgerieben hat.
Eben solche Wolle befand sich, wie schon erwähnt, in den
reichlichen Wollflocken, die den halben Raum vor dem
Puppenlager locker ausfüllen. In diesem Raume lag die
jungfräulich verstorbene Psyche, ohne Eier gelegt zu haben.

Hinter der Puppenschale befand sich die abgestreifte, in
einander geschobene Raupenhaut zwischen reichlichen Woll-
fäden, in denen sie bei ihrer Zerbrechlichkeit beim Heraus-
lösen sehr zerbröckelte. Die (wohl durch das Trocknen verdunkelte) Grundfarbe ist gelbbraun; das Nackenschild hell
ochergelblich mit grossen, schwarzbraunen, zusammengeflosse-
nen Flecken, die den Vorderrand frei lassen; das Luftloch
von 2 starken, concentrischen Falten eingefasst, im Innern
dunkel rothgelb. Die sehr fein gekörnelte Augenschale ist
hell ochergelb mit länglichen, schwarzen, gröber gekörnelten
Fleckchen unregelmässig bestreut. Die Brustseite etwas glänzend braunschwarz mit wenigen ochergelben Stellen. Die
sehr kräftigen Brustfüsse sind 3 Lin. lang, zusammengedrückt,
schwarz.

Der weibliche Schmetterling, fig. 5, ist natürlich zu einer
Mumie zusammengetrocknet. Da er 1 Zoll 3 Lin. lang und
in seinem dicksten hintern Theile 5 Lin. Durchmesser hat, so
kann man sich vorstellen, welche Dimensionen er im frischen
Zustande haben mag. Er ist fast kegelförmig, mit einer feinen,

braungelblichen Haut überzogen, die vorzüglich an den Enden
der Segmente in Querfalten gelegt ist, und durch welche die
schwarze Körperfarbe durchscheint. Der Kopf und die dicht
an einander stossenden 3 Rückenschilder und anscheinend der
Anfang des vierten Segmentrückens sind glatt, sehr glänzend
hornbraun, nach vorn mehr bernsteingelb. Hinter dem Kopf
geht ein feiner Kiel die Mitte der Thoracalschilder entlang.
Theile des Kopfes scheinen gar nicht unterschieden zu sein,
da er von keinen Näthen durchzogen ist. Auch Beine sind
nicht vorhanden, sondern scheinen durch schwärzliche Höcker
einigermassen angedeutet zu werden. Das Analsegment ist
das allerumfangreichste, über 5 Lin. lang, doppelt so lang
wie das vorhergehende; es ist an der kleineren Endhälfte
rings herum äusserst dicht mit blonden, linienlangen, weichen
Haaren bekleidet; am Ende steht eine längliche, zitzenförmige,
gekörnelte, gelbliche Warze hervor: der Eierleger, mit dem
die Haare ausgerissen wurden.

Zu welcher der Walker'schen Gattungen diese grosse
Art gehört, lässt sich natürlich, wenn es überhaupt möglich
sein sollte, nur nach Entdeckung des Männchens bestimmen.
Oiketicus (!) Guilding hat zufolge der in den Transactions
of the Entomol. Society of London V. p. 38—43 gegebenen
Nachrichten und den daselbst auf Taf. 5 abgebildeten Säcken
(die gleichfalls dicht übersponnen und durch ein trichter-
förmiges, festes Gewebe angeheftet sind) einige Wahrschein-
lichkeit. Die Arten, welche Guilding, Templeton, Saunders,
Westwood als Oiketicus zusammenfassen, zerlegt Walker in
fünf Genera, von denen Oiketicus nur eine einzige Art enthält*).
Daher vermag ich nicht zu bestimmen, ob etwa meine Art,
deren Namen dann überflüssig würde, mit einer dieser Arten
zusammenfällt; dass man sie aber erkennen wird, bezweifle
ich nicht, wenn man sich nur Gelegenheit verschafft, einen
weiblichen Sack mit Inhalt zu vergleichen.

Die Tafel 2 zeigt in fig. 1 den Sack in seiner Hülle,
                        fig. 2 die Bekleidung desselben,
                        fig. 3 das Innere desselben,
                        fig. 4 die Puppe,
                        fig. 5 das vertrocknete weibl. Insect.

---

*) Sein Oik. Kirbyi (Cat. Heterocer. p. 961) ist aus Honduras
(genau beschrieben und abgebildet von Westwood in den Proceed.
zool. Soc. London XXII. (1854) p. 221 pl. 34 f. 2). Auch von seinen
andern südamerikanischen Psychiden, zu deren einer die meinige vielleicht gehört: Psychagrapha floccosa p. 957, Labedera hirtipes p. 966,
Nemeta bifacies (!) p. 968, charakterisirt er nur die Männchen.

2. Earias vernana SV.

Da diese Art bisher nur als dem südlichen Centraleuropa, insbesondere der Wiener Gegend angehörig bekannt war, so wird es interessant sein zu erfahren, dass sie auch in Norddeutschland einheimisch und daher ihr Vorkommen noch in vielen Gegenden zu erwarten ist*). Seit einer Reihe von Jahren war den Stettiner Lepidopterologen die Raupe, die hinter dem Dorfe Nemitz auf den Silberpappelsträuchern am sonnigen Rande der sandigen Strasse vorkommt, im jugendlichen Zustande bekannt; sie hielten sie aber für die der Ear. chlorana und gaben sich deshalb mit der Zucht keine Mühe. Erst 1869 fiel uns ein, dass für letztere nur Weiden als Futterpflanzen gelten, und dass für Vernana die Silberpappel (Populus alba) des Wiener Praters .als Aufenthalt angegeben wird. Es wurde daher des Versuchs wegen eine Anzahl Raupen gesammelt und bis zur Verwandlung genährt. Herr Lehrer Knaack war der erste, der uns — am 27. Febr. .1870 — verkündigen konnte, dass ihm eine unzweifelhafte Vernana, durch Stubenwärme getrieben, ausgekommen sei. Bei ihm und Professor Hering folgten in den nächsten Wochen noch mehrere. Ich sah mich daher zu Ende Winters und im Frühjahr an jenen Sträuchern und Bäumchen nach Puppengespinnsten um; diese müssen aber so versteckt angelegt sein, dass mein Suchen erfolglos war. Erst am 30. Mai gelang es mir, von einem Stämmchen, wenig über der Erde, einen schönen männlichen Schmetterling ins Gras zu klopfen. Am 19. Juli erhielt ich durch Klopfen gleich von dem ersten Strauch aus dem Laube eine erwachsene Raupe, die sich schon am zweiten Tage einspann. Das Suchen an den Endtrieben der mannshohen oder etwas höheren Sträucher verschaffte mir junge und alte Raupen, so dass ich eine zweite Generation als gewiss annahm. Doch habe ich nur am 22. Juli, an dem ich grosse und kleine Raupen sammelte, bei Regenwetter ein Männchen aus dem höheren Laube der Silberpappelbäume zugleich mit Graphol. minutana abgeklopft und am 8. August ein Weibchen, wahrscheinlich aus der Raupe vom 19. Juli, erhalten. Alle zu dieser Zeit gesammelten Raupen gaben gesunde Puppen, die erst im folgenden Jahre zur Entwicklung gelangen. Bei uns ist also die zweite Generation nur eine ausnahmsweise oder unvollständige. — Dass die

---

*) Coleopterologen und Dipterologen werden die Umständlichkeit dieser und andrer Mittheilungen schwerer erklärlich finden als Lepidopterologen, denen das Auffinden einer in ihrer Gegend nicht erwarteten Species ein Ereigniss und die genaueste Anweisung, sie zu erhalten, die erwünschteste ist.

Raupe auch an höheren Bäumen lebe, wurde mir versichert, obgleich ich wahrgenommen zu haben glaubte, dass sie nur bis zu doppelter Mannshöhe hinauf gehe; die Richtigkeit jener Behauptung scheint daraus hervorzugehen, dass, obgleich die Silberpappeln dort mehr, als mir für das Bestehen der Art zuträglich zu sein schien, abgesucht waren, ich am 21. September von einem hohen Aste sogleich zwei erwachsene Raupen herabnahm. — Seitdem ist diese Raupenart auch in den Festungswerken der Stadt, desgleichen bei Stargard aufgefunden worden. Immer ist ihr Aufenthaltsort an trocken und sonnig stehendem Silberpappelgebüsch.

Herr Custos Rogenhofer hat in den Verhandlungen der zoologisch-botanischen Gesellschaft 1869 S. 917 die Naturgeschichte der E. vernana so vollständig geliefert, dass ich darauf verweisen und nur einige Zusätze geben kann.

Der Kopf der Raupe ist bisweilen nur an den obern $2/3$ braun, am untern Theil der Augen und des Stirndreiecks, sowie an den Fresswerkzeugen weisslich. — In der vorletzten Häutung stehen die 3 grossen Warzenpaare, jedes auf einem schwarzbraunen Fleck, und sind durch eine bräunliche Fleckenreihe verbunden. Ueberhaupt sind alle Hauptwarzen dann grösser als nach der letzten Häutung und stellen wahre kleine Zapfen dar. — Die Luftlöcher sind zwar klein, aber recht sichtbar.

Die seidenen Fäden, womit die junge Raupe den Endtrieb, den sie ausfrisst, umgiebt, bilden ein zähes Gewebe, wie bei Chlorana. Im späteren Alter lebt sie, wie Rogenhofer richtig bemerkt, ganz frei auf der Oberseite der Blätter, auf der sie sich gut festhält, so dass sie nicht leicht herunter geworfen wird, und mit auffallender Behendigkeit umherkriecht. — Ihr Gespinnst legt sie in der Gefangenschaft an einem Stengel ihrer Futterpflanze oder auf der Unterseite eines Blattes an und bekleidet es dicht mit der abgeschabten Wolle der Silberpappel. Manche spannen sich jedoch auch am Blechdeckel ihres Gefängnisses an, bisweilen ein fremdes Gehäuse als Unterlage benutzend. Diese letztern Gehäuse sind theilweise mit Erde oder Rindenstückchen bekleidet, oder wenn dergleichen nicht zu haben war, ganz kahl, so dass ihre mehr oder weniger hell ochergelbe, seltener braungraue Farbe ganz unverdeckt ist.

Für die Raupe stelle ich folgende Diagnose auf: Larva adulta 7—8 lin. longa, subgibba, capite nigro-fusco, cano-albida, verruculis setiferis albis valde distinctis, verrucis subdorsalibus segmentorum 2, 3, 5 (hac reliquis majore) conicis brunnescentibus.

3. Carpocapsa pomonella L.

Het Appel-Vlindertje, Sepp VI. tab. X. p. 45.
Carpoc. pomonana Z. Isis 1847 S. 668.
The codling-moth or apple-borer, Carp. pomonella,
Riley: noxious, beneficial and other insects of
thë State of Missouri (Jefferson City, Mo. Ell-
wood Kirby 1869) p. 62— 67.
Grapholitha pomonella, v. Heinemann, Schmetterl. v.
Deutschl. Wickler S. 194.
Tortrix pomonella, Taschenberg: Entomologie für
Gärtner und Gartenfreunde S. 310.

Ich erwähne diese Art nur zum Beweise, dass man die
gemeinsten Thiere noch genau zu betrachten habe, um nicht
wichtige Dinge zu übersehen. Herr v. Heinemann hat offenbar die vorliegende Art sehr sorgfältig untersucht, aber so
wenig wie andere — so viel ich weiss — bemerkt, dass das
Männchen auf der Oberseite der Hinterflügel einen schwarzen Haarpinsel von ansehnlicher Länge trägt, durch welchen
die Art sich von allen andern Carpocapsen unterscheidet. Er
ist weniger stark als der von Graphol. inquinatana ♂ und
auch in der Anheftung von diesem verschieden. Er entspringt
nämlich nicht weit von der Flügelbasis neben der Medianader
aus einem Punkt und ruht in einer nicht weit von dieser
Ader hinziehenden engen Längsfurche, die auf der Unterseite
des Flügels durch eine kielförmige, in geringer Entfernung
vor dem Hinterrande verschwindende Erhöhung angedeutet
ist; gewöhnlich ist er herausgeschlagen und liegt auf der
Flügelfläche gegen die Innenrandseite hin; schwerer lässt er
sich am getrockneten Thiere aus der Furche herausholen, als
mit Hülfe einer Nadel in dieselbe hineinschieben; liegt er
darin, so ist sein Vorhandensein allerdings nicht zu bemerken.
Seine Länge beträgt etwas über die Hälfte der Entfernung
zwischen der Flügelbasis und dem Hinterrande in der Gegend
der Medianader.

Dieser Haarbusch, der dem Weibchen gänzlich fehlt,
findet sich in gleicher Beschaffenheit bei Staudinger's Carp.
putaminana (Ent. Zeitung 1859. 232). Ich besitze nur ein
Exemplar und kann daher nicht entscheiden, ob die Schmal-
heit der Vorderflügel — bei der gewöhnlichen Pomonella ist
deren Breite veränderlich — die helle Grundfarbe der Vorderflügel, das Verloschene aller Zeichnungen auf denselben,
die hellen, auf der Unterseite fast weisslichen Hinterflügel mit
den weissen Franzen, die tiefschwarze Farbe des rauhen
Flecks auf der Unterseite der Vorderflügel nur eine Varietät,
wofür Wocke sie im Catalog erklärt, oder eine eigene Art

bezeichnen, wofür die Nahrung der Raupe — in den Wallnüssen — zu sprechen scheint. Mein Exemplar ist aus der
Gegend von Brussa, das Staudinger'sche aus Andalusien (sicher
auch aus Wallnüssen). Ich erinnere mich, in Italien öfters
Wallnüsse geöffnet zu haben, deren Kern von einer Raupe
befressen war, die ich aber als Raupe von Pomonella ansah
und nicht achtete. (Die in den Castanien, die ich (s. Isis)
gleichfalls für die Pomonellaraupe hielt, wird wieder eine andere Art gewesen sein.) Löw erzählte mir, er habe in Klein-
asien oft madenförmige Raupen sich an langen Fäden von den
Wallnussbäumen herablassen sehen. Ohne Zweifel ist die
Wallnussmade in den Mittelmeerländern sehr verbreitet. Dass
sie auch in den südlichsten Gegenden Oestreichs und in den
Rheingegenden vorkomme, ist mir wahrscheinlich; doch erwähnt Taschenberg ihrer so wenig wie der an den Blättern
des Wallnussbaums lebenden Gracilaria roscipennella H.
(juglandella Mann) (cf. Tydschrift voor Entom. II. Serie
Theil V. p. 222).

Unsere Pomonella hat sich wohl überall hin verbreitet,
wo Apfel- und Birnbäume gezogen werden. Ich habe sie aus
Brasilien und Nordamerika. In letzterem ist sie sehr verbreitet, und ihre Naturgeschichte und die Mittel zur Vertil-
gung dieser little pest werden in der werthvollen Riley'schen
Schrift ausführlich abgehandelt.

4. Grapholitha (Sericoris) Tiedemanniana Z.

Seric. Tiedemanniana Z. (A. v. Tiedemann: Microlepi-
doptern der Prov. Preussen, in den Preussischen
Provinzialblättern 1845 S. 530. — Z. Isis 1846
S. 233.
Graphol. — v. Heinemann: Schmett. von Deutschland
Wickler S. 130.

Von dieser Art ist nichts Näheres bekannt, als was Herr
v. Tiedemann a. a. O. sagt, „sie fliegt Mitte Juni auf moorigen
Wiesen der Weichselniederung in Gemeinschaft mit Noct. unca
und A. Thrasonella nicht sehr selten". In seinem letzten Brief
an mich (14/3. 67) schrieb er: „hinsichtlich der Seric. Tiedemanniana bemerke ich, dass ich das Thier seit mehreren
Jahren vergeblich gesucht habe; möglich, dass es durch ein-
jährige Benutzung der Wiese zur Viehweide vertilgt ist; ich
habe selbst nur noch 2 alte Exemplare in der Sammlung".
— Da seit Herrn v. Tiedemann's Tode schwerlich sobald
wieder Russocziner Exemplare zur Versendung gelangen werden, und meine in der Isis ausgesprochene Erwartung, dass
die Art sich auch anderwärts zeigen werde, nicht in Erfüllung

gegangen ist, so ist es mir lieb, mit Bestimmtheit melden zu können, dass sie in der Stettiner Gegend und also sehr wahrscheinlich an vielen Stellen des nördlichen Deutschlands lebt.

Auf der sich leider immer mehr reducirenden „Grünen Wiese" zwischen Grabow und Bredow bei Stettin fing ich am 1. Juli an zwei verschiedenen Stellen je ein ziemlich gutes Männchen dieser Art. Die Stellen sind Torfsumpf, der aber durch tiefe Torfstiche trockener geworden ist und sich schon mit einigen bessern Futterkräutern als den gewöhnlichen Torfpflanzen bekleidet hat. An der trocknern dieser Stellen erhielt ich später kein Exemplar mehr; an der andern dagegen am 9. Juli 5 (darunter 2 ♀), am 10. 11 (darunter 1 ♀), am 11. noch 6, fast alle mit Merkmalen, dass ihre Flugzeit schon im Juni angefangen habe. Mit ihnen zusammen flogen Seric. olivana, von der sie durch ihre fast schwarze und weisse Farbe im Fluge zu unterscheiden waren, Cramb. uliginosellus, Aechmia Thrasonella.

Es ist mir sehr wahrscheinlich, dass diese Art in einer Gegend vorhanden sein kann, ohne dass man sie ungeachtet fleissigen Suchens bemerkt. Sie war nur an der oben bezeichneten Stelle, dagegen auf der anstossenden feuchteren Wiese nicht zu finden. Sie flog nur an windstillen Tagen bei unbewölktem Himmel gegen Sonnenuntergang; bei windigem Wetter und früher oder später vermochten wir, unser scharfblickender Büttner und ich, keine Spur von ihr zu entdecken. Sie kam plötzlich aus den Kräutern und Gräsern hervor, flog schussweise eine kurze Strecke und setzte sich gewöhnlich ziemlich niedrig an ein Grasblatt. Dass sie manchmal gar nicht auffliegt, geht daraus hervor, dass an mehreren die Flügel, offenbar durch das niedergetretene Gras, arg beschädigt waren, und dass ich die angegebene Zahl nur durch vielmal wiederholte Gänge über dieselbe Stelle zusammenbringen konnte.

Das Weibchen scheint regelmässig etwas grösser zu sein als das Männchen; seine Flügelgestalt ist dieselbe wie bei diesem, aber der Hinterleib von ziemlich auffallender Länge und Dicke.

5. Grapholitha roseticolana Z.

Reutti: Lepidoptern-Fauna v. Baden S. 164.
Stange: Schmetterl. um Halle a. d. Saale S. 78.
Rössler: Schmetterl. v. Nassau S. 204. 1107.
v. Heinemann: Schmett. v. Deutschl. Wickler S. 178.

Bei Glogau, am Probsthainer Spitzberg in Schlesien, bei Meseritz und Stettin fliegt diese Art an alten Rosensträuchern

(Rosa canina), ohne einen Unterschied zu machen, ob sie ganz frei und dem Winde ausgesetzt oder an Strassenrändern durch anderes Gesträuch geschützt wachsen. Ihre Flugzeit dauert fast den ganzen Juni hindurch und fängt vermuthlich schon im letzten Drittel des Mai an; wie ich Ent. Ztg. 1852. 254 bemerkte, war ein Exemplar am 22. Mai ausgekrochen, und in Meseritz kam mir ein Weibchen schon am 13. Mai aus. (Ein von Herrn v. Nolcken auf Oesel erzogenes Männchen war am 6. Juni, wohl alten Styls, erschienen.) Der dunkeln Farbe wegen wird das Thier, wenn es, aus dem Gesträuch gescheucht, um dasselbe schwärmt, leicht übersehen. Den Flug fand ich dem der um Weissdorn schwärmenden Graph. Rediella ähnlich; doch habe ich nicht Gelegenheit gehabt, zu beobachten, ob Roseticolana auch wie diese des Vormittags im Sonnenschein fliegt.

In Rosengallen habe ich die Raupe noch nicht gefunden, vielleicht weil ich sie darin nicht gesucht habe. Wohl aber sammelte ich sie bei Meseritz häufig, bei Stettin seltener in den reifenden, gerötheten Rosenfrüchten um die Mitte des September. Die von ihr bewohnten Früchte sind daran kenntlich, dass sie schwarze Flecke haben. Weil oft keine Raupe in einer so gezeichneten Hambutte ist, so fand ich es zweckmässig, alle fleckige Hambutten zu pflücken und in ein Glasgefäss zu schütten. Die Raupen kriechen dann bald, weil sie sich mit Leichtigkeit herausbohren, an den Glaswänden in die Höhe, aber auch mit wenig erfreulicher Leichtigkeit durch doppelte Leinewand, womit das Glas zugebunden ist. Sie scheinen durchaus keinen Zwang vertragen zu können und einen Verwandlungsplatz nach ihrem Geschmack, der sehr schwer zu errathen ist, zu verlangen. Eine einzelne Raupe, die sich in mehreren frei auf die trockene Erde eines unverdeckten Blumentopfes hingelegten Früchten fand, verspann sich in dieser Erde und verwandelte sich, obgleich sie ganz trocken gehalten wurde, am 13. Mai in den Schmetterling. Von den vielen im Jahr 1868 gesammelten spannen sich einige in einem weissen, ziemlich dichten Gewebe zwischen der doppelten Leinwand ein, die den Blumentopf verdeckte; eine entronnene Raupe fand ich im folgenden Frühjahr unter diesem Topfe, der den Winter hindurch vor dem Fenster gestanden hatte, wo sie zwischen dem zerbröckelten Kalk der Mauer an einem Leinwandläppchen ihr Gespinnst bereitet hatte. Mein Umzug nach Stettin vereitelte fernere Beobachtungen. Im Jahre 1870 sperrte ich die aus den Früchten hervorgekommenen Raupen mit Erde, Baumwolle, Flor, zerknitterten Erlblättern in eine Pillenschachtel, durch die sie sich nicht herausbeissen konnten. Aber die meisten setzten sich an den

Deckel und vertrockneten da, und ich mochte nicht untersuchen, ob ausser einer, die sich in einem Stück Erlblatt eingesponnen hatte, andre sich Erdgehäuse verfertigt hätten. Gewiss ist, dass die Behandlung der zum Verpuppen eingesponnen überwinternden Raupe viele Schwierigkeiten macht und fast für jede Raupenart eine besondere ist, die meist erst nach vielfachen Versuchen entdeckt wird.

Die Nahrung der Raupe besteht nicht in den Samen der Rosenfrüchte, sondern in dem die Haut inwendig bekleidenden Fleische. Auch davon scheint sie mir einen sehr mässigen Gebrauch zu machen, ohne dass sich ein fleissiges Auswandern annehmen lässt, weil sonst viel mehr Früchte Spuren von ihr zeigen müssten. An den auf feuchte Erde gelegten und dadurch frisch bleibenden Hambutten bemerkte ich, dass die Raupen bis zu ihrer völligen Reife darin blieben und reichlich Excremente ausstiessen, die eine hellrothe, später durch Vertrocknen rothbräunliche Farbe hatten.

Diagnose: Larva (superne saturatius) carnea, capite melleo et prothorace pallide fuscescenti-maculato nitidis, scuto anali semiovato pallide fuscescente, pedibus pallidissimis immaculatis.

Die bis 6 Lin. lange Raupe hat einen cylindrischen, sehr zusammenziehbaren Körper von fleischrother, nach unten hellerer, am Bauch ganz heller Farbe; beim Kriechen zeigt er auf dem Rücken· Querfurchen und an den Seiten Eindrücke. Die kurzen. geraden, abstehenden, klaren Börstchen haben keine sichtbaren Wärzchen zur Basis und sind am zahlreichsten und längsten am Kopf, wo sie nach vorn, und am Ende, wo sie nach hinten gerichtet sind. Der Kopf ist kleiner als der Prothorax, herzförmig, glänzend, hell honiggelb, am Maule dunkler; das Stirndreieck zu beiden Seiten mit einer feinen braunen Linie eingefasst. — Der Prothorax ist breiter, aber kürzer als der Mesothorax, glänzend, querüber mit einer schmalen, sichelförmigen, bräunlichgelben Hornplatte, die der Länge nach von einer Mittellinie durchschnitten und zu beiden Seiten derselben und am Hinterrande verdunkelt ist. — Auf der Rückenmitte des Segments, welches das vorletzte Bauchfusspaar trägt (also des achten) liegt zu jeder Seite des gar nicht sichtbaren Rückengefässes ein länglicher, brauner, nicht scharf begrenzter Längsfleck; beide Flecke fliessen bisweilen zusammen. — Das Analsegment bildet vorn einen erhabenen, gegen das Analschild scharf abstechenden und nicht zu ihm gehörenden Querwulst und ist in der Mitte etwas gebräunt; das Schild selbst ist halbeiförmig, etwas glänzend, hell bräunlich, in der Mitte transversal eingedrückt, fast ohne Zeichnung. — Alle Beine sind klein, röthlich glasfarben, ungefleckt.

Die Puppe dringt beim Auskriechen des Schmetterlings aus ihrem Gehäuse hervor. Ihre Auszeichnungen, wenn sie ja dergleichen hat, vermag ich jetzt nicht anzugeben.

6. Grapholitha (Semasia) conterminana HS.

Koch: Schmetterl. des südwestl. Deutschl. S. 339.
Reutti: Lepidoptern-Fauna v. Baden S. 164.
Stange: Schmetterl. v. Halle a. d. Saale S. 77.
Rössler: Schmetterl. v. Nassau S. 203. 1193.
v. Heinemann: Schmetterl. v. Deutschl. Wickler S. 172.
Taschenberg: Entomologie für Gärtner und Gartenfr. S. 319.

Zu den bei v. Heinemann und in den Faunen aufgeführten Fundstellen kann ich hinzufügen: Meseritz und Birnbaum in der Provinz Posen, Stettin, Bruck an der Leitha, Odessa und Sarepta. Ueberhaupt wird als Aufenthaltsort dieser Art jeder Garten und jedes Feld, auf dem Salat (Lactuca sativa) gebaut wird, angesehen werden können, und es wundert mich sehr, sie nicht als Bewohnerin Englands beschrieben zu finden. Der Schmetterling selbst wird wenig im Freien angetroffen, weil man ihn nicht in den Nachtstunden, in denen er fliegt, zu suchen pflegt.

In den Meseritzer Gärten werden die Salatblüthen von den Raupen der Mam. dysodea abgeweidet, die bei Tage an den Blüthenstielen sitzen und es nur ihrer mit diesen übereinstimmenden Farbe verdanken, dass sie nicht ganz leicht in die Augen fallen. Da ich sie in meinem Garten zahlreich hatte und einige sammelte, so entdeckte ich in den Salatblüthen und draussen an ihnen herumkriechend eine Wicklerraupe. Aus einer Anzahl derselben, der ich wenig Pflege angedeihen liess, erhielt ich im Enddrittel des Juli und im Anfangsdrittel des August im folgenden Jahre fast ebenso viele Schmetterlinge in beiden Geschlechtern. Hier in Grünhof bei Stettin besichtigte ich am 28. August 1870 im Garten des Hauses, in dem ich wohne, die drei üppigen Salatpflanzen, die man der Samengewinnung wegen hatte aufwachsen lassen, und an denen ich viele schwarze Blüthen bemerkte. Die daran herumkriechenden Wicklerraupen liessen mich vermuthen, dass noch mehr in den Blüthen steckten. Ich schnitt also die Pflanzen ab und legte sie in eine grosse, mit Erde versehene Schachtel, über die ich doppelte Leinewand band. Aber schon nach wenigen Stunden krochen über 100 Raupen von der verschiedensten Grösse draussen herum! Weil alle Sorgfalt nicht verhüten konnte, dass die wieder eingesperrten und die andern, noch in der Schachtel vorhandenen, statt sich in die noch gesunden Blüthen einzubohren, theils in der Schachtel vertrockneten, theils sich wieder durch die Decke bohrten und draussen verkamen, so dass, wie ich glaube, von den Hunderten keine einzige sich eingesponnen hat, so sah ich mich nach frischem Vorrath um. Bei einem Gärtner, der die Salatsamenzucht im Grossen treibt, aber seine Pflanzungen auf freiem Felde hat, liess sich keine Spur, weder von der Eulen-, noch von der Wicklerraupe entdecken, weshalb wir glaubten, die offene, dem Westwinde ausgesetzte Lage sei den Faltern zuwider und nöthige sie, die geschützten Salatpflanzen in Hausgärten aufzusuchen. Aber nicht weit davon fand ich ein Runkelrübenfeld in einer noch freieren Lage, und an den zahlreichen Salatpflanzen, die hier gleichsam verwildert aufgewachsen waren, gab es die Wicklerraupe in der wünschenswerthesten Menge. Obgleich ich mich aber hier im Laufe des September fortwährend mit frischem Vorrath und frischem Futter (das immer ausserordentlich rasch verwelkte, auch wenn es in Wasser gestellt war) versah, und obgleich ich den erwachsenen Raupen jedes mir denkbare annehmliche Material zum Einspinnen bot, so glaube ich doch, dass nur von wenigen davon Gebrauch gemacht, sondern der Tod durch Eintrocknen gewählt wurde; vielleicht haben sich von den entflohenen manche zwischen den Dielen der Stube oder in andern Verstecken ihr Puppengespinnst bereitet.

Jedenfalls sind diese Raupen für die Gewinnung der Salatsamen sehr schädlich. Selbst wenn wenige an einer Pflanze leben, so vernichtet jede eine Anzahl Blüthen, indem sie ohne Bedenken auch bei Tage wandert, wobei sie sich durch einen starken Faden gegen das Herabfallen sichert, um sich in eine neue Blüthe von oben her einzubohren und die Samen zu verzehren. Die ausgefressenen Blüthen werden bräunlich oder schwarz, wodurch sowie durch den reichlichen, aus den noch unverwelkten Blüthen hervorgestossenen Koth die Anwesenheit des Thieres verrathen wird.

Es war mir erfreulich, in dem Taschenberg'schen Werke die Naturgeschichte des Wicklers, sowie die der Eule (S. 256) in einer für den Gebrauch des Gärtners genügenden Vollständigkeit zu finden. Ich gebe hier nach meinen Beobachtungen eine ausführlichere Beschreibung.

Diagnose: Larva crassiuscula, dorso segmentorum profunde sulcato, rufescenti-grisca, parte ventrali tota albido-cinerea, verruculis ordinariis pallidis, capite brunneo vel nigro, macula prothoracis antice albido-cinerei transverse lunata maculaque scuti analis media nitida nigris.

Länge bis 6 Lin.; Körper etwas dick, stark zusammenziehbar, auf dem Rücken der Segmente mit tiefen Querfurchen.

Die obere Seite des Körpers ist bis unter die kleinen, schwarzen, gut erkennbaren Luftlöcher röthlichgrau oder grauröthlich; die ganze untere Seite von dem Seitenwulst an, und zwar ganz plötzlich, hellgrau. Die gewöhnlichen Wärzchen sind ziemlich gross, sehr hell, doch nicht scharf gegen die Grundfarbe abgegrenzt, in der Mitte mit einem feinen, schwarzen Pünktchen, aus welchem ein blondes Haar entspringt. Das Rückengefäss bildet eine dunkle Linie. Der sehr einziehbare Kopf ist glänzend honiggelb, oben und unten in verschiedener Ausdehnung geschwärzt, oder er ist auch ganz schwarz. Der Prothorax ist schmäler als die folgenden Segmente, glänzend, am Vorderrande breit weissgrau, dahinter mit einem halbmondförmigen, in der Mitte fein längstheiligen, schwarzen Querfleck mit nach vorn gerichteter Oeffnung, in welcher seine Farbe etwas heller und verschwommener wird. Das Analschild ist klein mit einem gerundeten, glänzend schwarzen, in der Mitte transversal vertieften Querfleck. Beine klein; die vordern glänzend gelblich, gegen die Wurzel auswärts schwarz; die Bauchfüsse mit sehr deutlichen Hakenkränzen.

In der Jugend ist die Raupe gewöhnlich dunkler, die helle Unterseite des Körpers sticht von der röthlichgrauen Oberseite weniger ab, indem sie fast so dunkel ist wie diese. Je älter die Raupe wird, eine desto hellere Färbung nimmt sie an.

Die Raupe ist an demselben Ort und zu derselben Zeit in der verschiedensten Grösse vorhanden, wohl nicht wegen doppelter, in einander greifender Generation, sondern wegen sehr ungleicher Entwicklung. Nach Herrich's, Mühlig's und Taschenberg's Angaben zu schliessen, entwickelt sich der Schmetterling oft noch früher, als ich angab; das Klima bleibt dabei ohne Einfluss, was daraus hervorgeht, dass ich an der ungarischen Grenze ein Männchen zu Ende Juli fing. Uebereinstimmend zeigen v Heinemann und Taschenberg auch Lactuca scariola als Futterpflanze an, worüber ich noch keine Erfahrung gemacht habe; Rössler kennt ausserdem als solche Lactuca virosa. Es ist offenbar, dass, wenn Herrich-Schäffer seine Exemplare um Artemisia campestris fing, die wilden Salatpflanzen in der Nähe gewesen sein müssen.

7. Cerostoma lucella F.

Plutella antennella Isis 1839 S. 189 und 1846 S. 277.
Cerostoma antennella, Frey: Tineinen d. Schweiz S. 73.
Cerost. lucellum, v. Heinemann: Schmett. Dtschl. S. 124.
Schon Frau Pastor Lienig hat die Frage aufgeworfen, ob

Cer. silvella das andere Geschlecht dieser Art sei; ich habe darauf geantwortet, dass das nicht möglich sei, weil von Silvella beide Geschlechter nicht selten vorkommen, dass aber die im Bau mehr übereinstimmende Alpella als das Männchen dazu gehören könne. Niemand weiter, soviel ich weiss, als Frey hat von dieser Frage Notiz genommen; jeder führt Lucella so vor, als ob sie gar nichts Merkwürdiges habe. Und doch scheint dies in hohem Grade der Fall zu sein. Seit mehr als 30 Jahren habe ich die mir in Sammlungen oder im Freien vorgekommenen Exemplare der Lucella untersucht, um ein Männchen darunter zu entdecken und keins gefunden. Zu erkennen, ob man nur ein Weibchen vor sich hat, ist leicht; entweder steht der Legestachel aus dem unverkennbar weiblich gebildeten Hinterleibe deutlich hervor, oder er lässt sich durch Abstossen der Analschuppen vermittelst eines Pinsels sichtbar machen; bei frisch getödteten Exemplaren drückt man ihn durch Zusammenpressen des Hinterleibes leicht hervor.

Meine vor 24 Jahren ausgesprochene Vermuthung hinsichtlich der Alpella nehme ich zurück, weil ich seitdem beide Geschlechter derselben in gleicher Zahl aus England und verschiedenen Gegenden Deutschlands erhalten habe. Während mir Lucella zahlreich vorgekommen ist, habe ich von Alpella bisher nur ein Exemplar — noch dazu ein weibliches — selbst zu fangen Gelegenheit gehabt. Hier bei Stettin ist Lucella in dem Eichenwäldchen hinter Nemitz, in Gesellschaft der Sylvella und der (nach v. Heinemann's Untersuchung sich durch Ocellen auszeichnenden) Radiatella keine Seltenheit. So fleissig die dortigen Gehölze von den Stettiner Lepidopterologen, namentlich dem unermüdlichen Büttner, durchsucht worden sind, so ist doch noch keinem darin eine Alpella vorgekommen — was freilich immer noch kein Beweis ist, dass sie nicht doch dort lebt; denn in einer andern, etwa eine Meile davon entfernten Gegend (der von Messenthin) hat Herr Büttner wirklich ein, aber auch nur ein Exemplar gefangen.

Ich erneuere jetzt die Frage: wie sieht das Männchen der Cerostoma lucella aus? Ja, ich glaube sie so stellen zu können: ist Cerostoma lucella die weibliche Nebenform einer andern, in beiden Geschlechtern bekannten Art?

Hierauf eine genügende Antwort zu geben, wird etwas mehr Mühe und Umstände erfordern, als der gewöhnliche Schlag der Schmetterlingssammler, auch wenn er Zeit und Mittel hat, darauf zu verwenden geneigt sein wird, da es sich nicht dabei um Bereicherung der Sammlung durch eine werthvolle Art handelt. Es genügt nicht, Raupen abzuklopfen,

64

zu sortiren und daraus die Schmetterlinge zu erziehen —
denn das hat Frau Lienig schon hinreichend gethan und
nichts als immer wieder Lucella ♀ erhalten. Sondern man
wird müssen die Thiere Eier legen lassen und die Raupen,
durchaus abgesondert von jeder andern Art, die zu Zweifeln
Veranlassung geben könnte, erziehen und nöthigenfalls die
Zucht der so gewonnenen Schmetterlinge weiter versuchen.
Das Verfahren, um zu einem völlig sichern Resultate zu gelangen, denke ich mir so: man pflanzt einen Eichenstrauch
in einen Topf, überzieht ihn, nachdem man sich versichert
hat, dass keine Raupe, am allerwenigsten die einer Cerostoma,
daran wohnt, mit einem Flornetz und sperrt darunter die im
Walde gesammelten Lucella ♀, unter denen sicher befruchtete
sind, die kein Bedenken tragen werden, ihre Eier abzusetzen,
wenn nur dem Eichenstrauch eine günstige Stelle gegeben
ist. Da die Raupen erst im künftigen Jahre zur Verwandlung
reif werden, so wird man den Strauch, um jede Möglichkeit
eines Fehlschlags zu vermeiden, etwa in einem Kalthause
überwintern müssen. Was nach glücklicher Ueberwinterung
von Pflanze und Thieren der nächste Sommer — oder falls
nur Lucella ♀ zum Vorschein kommen sollte, nach einem
Versuche, ob sie sich unbegattet fortpflanzt — der darauf
folgende Sommer lehrt, das wird für die Wissenschaft eine
wesentliche Bereicherung sein. Ich erwarte eine Lösung
dieses wenigstens mir sehr bedeutend scheinenden Räthsels
am ersten von den Holländern und Engländern, weil sie in
der Erziehung der Raupen aus dem Ei unermüdlicher sind
als die meisten meiner Landsleute.

8. Gelechia vepretella n. sp.

Vor einer Reihe von Jahren, hatte ich bei Glogau aus
einem alten Schlehengebüsch eine Menge mit den Wohnungen
der Myelois suavella besetzter Aeste gesammelt. Aus diesen
erhielt ich ausser zahlreichen Exemplaren der Suavella ein
halbes Dutzend der immer noch sehr seltenen Myel. epelydella, viele Graphol. achatana*) und ein paar Exemplare
einer kleinen Gelechia, die in meiner Sammlung lange den
Namen Vepretella führt. 1869 schickte ich an Stainton aus
hiesiger Gegend Schlehenäste mit den Raupen der Swammerdamia spiniella; er meldete mir darauf, dass ihm zugleich

*) Für welche Wicklerart Herr v. Heinemann S. 132 seines Werkes
Brombeersträucher und Nesseln als Futterpflanzen anzeigt. Da ich
den Schmetterling vielfach gezogen und gefangen habe, beides nur
an Schlehensträuchern, so bezweifle ich die Richtigkeit der Heinemann'schen Angabe. Rössler hat Schlehen, Weissdorn und Obstbäume.

Gelechia vepretella, die ich ihm früher mitgetheilt hatte, in wenigen Exemplaren ausgekrochen sei. Somit ist Stainton der Bereicherer der Stettiner Fauna mit einer noch unbeschriebenen Species!

Im Jahre 1870 sammelte ich zu Ende Juni bei Stettin in dem von Frauendorf nach Warsow hinziehenden tiefen Thale an den theilweise alten und vermoosten Schlehensträuchern die Raupen der Suavella und der Swammerdamie in der Hoffnung, auch Epelydella und die Gelechie zu erhalten. Erstere erschien gar nicht, letztere in etwa 20 Exemplaren, von denen mir mehrere entkamen, weil sie zwischen den vielen, mit welken Blättern bekleideten Schlehensträuchern sehr ungern zum Vorschein kamen und sich schwer fangen liessen. Die Zeit des Auskriechens war von den ersten Tagen des Juli bis zum 20. Die Raupe habe ich nicht kennen gelernt; ich weiss also nicht, ob sie, was ich früher vermuthete, ihre Nahrung als Parasitin bei der Myel. suavella sucht; dass sie an Flechten lebe, bezweifle ich sehr; den Schmetterling habe ich nie im Freien gesehen.

Durch Abschuppen der Flügel überzeugte ich mich, dass die Art in die Heinemann'sche reducirte Gattung Gelechia gehört. Zufolge des zweiten Tastergliedes, das eine angedrückte Beschuppung hat und überhaupt wenig verdickt ist, würde sie in die zweite Abtheilung gehören Ihrer Färbung und Zeichnung nach scheint sie aber den besten Platz bei der viel grösseren Sparcella zu finden, deren Tasterschuppen jedoch auf der Unterseite sehr beträchtlich aus einander gesperrt sind. Die mir nur in der Beschreibung bekannte Suspectella Hnm. scheint der Vepretella am nächsten zu kommen; aber bei Vepretella ist das Mittelglied der Taster gar nicht „unten stark beschuppt", und ihre Vorderflügel sind nicht zeichnungslos.

Diagnose: Antennis obsolete albido-annulatis, fronte dilute grisea, palpis vix maculatis, alis anterioribus caesiocinereis, confertissime nigro-squamulatis, puncto plicae ante punctoque disci post medium nigris obsoletis, maculis posticis oppositis parvis, canis flavidisve subobsoletis. ♂♀.

Eine unscheinbare, aber in ihrer unbedeutenden Zeichnung veränderliche Art von der Grösse der Gel. peliella und Acanth. alacella, doch durch spärliche Nahrung der Raupe auch merklich kleiner, besonders ausgezeichnet durch die violettlich graue, durch schwarze Stäubchen verdunkelte Färbung der Vorderflügel.

Kopf grau mit nach unten hellerem, etwas gelblichem Gesicht, dessen Farbe bisweilen bis auf die Stirn hinaufreicht. Ocellen vorhanden, doch schwer zu erkennen. Taster ziem-

5

lich schlank, zusammengedrückt; das zweite Glied gleichmässig dick, das dritte von $^2/_3$ Länge des zweiten; sie sind dunkelgrau, zuweilen einfarbig, aber meist ist das zweite Glied auf der Innenseite und ebenso das dritte auf der Innenseite an der Wurzel und an der sehr feinen Spitze gelblich. Saugrüssel mässig lang, auf dem Rücken an der Wurzel dunkelgrau beschuppt. Fühler schwarzgrau mit heller Wurzel der Glieder und dadurch verloschen hell geringelt erscheinend. — Rückenschild dunkelgrau. Beine ebenso mit blassgelben Enden der Fussglieder; die Hinterschienen auf der Rückenschneide mit reichlichen, ziemlich langen, hellblonden Haaren besetzt, auf der ganzen Innenseite, so wie die Unterseite aller Füsse bleichgelb. — Hinterleib grau; Afterbusch auf der Oberseite bleichgelb; Legestachel des Weibchens bleichgelb, hervorstehend.

Vorderflügel 3—2 Lin. lang, länglich, hinten erweitert, an der Spitze abgerundet, violettlich grau (an den alten Exemplaren fast ohne violettliche Beimischung und in ein gelbliches Grau verschossen), überall sehr dicht mit schwarzen Stäubchen bestreut und dadurch schwärzlich grau. Wegen dieser Verdunkelung sind die schwarzen, starken Punkte sehr verloschen; der erste liegt in der Mitte der Falte, also vor der Flügelmitte; selten ist (etwas schräg über ihm) ein zweiter zu erkennen; der dritte, fast immer deutlich oder doch durch die Loupe zu erkennen, liegt hinter der Flügelmitte auf der Querader, fast in gleichem Abstande vom Vorder- und Innenrande. Gleich hinter ihm sind die beiden verloschenen, bleichgelblichen oder fast weissgrauen Gegenflecke; sie sind von sehr wechselnder Gestalt, Deutlichkeit und Ausdehnung; bisweilen sind sie nur angedeutet, so dass die ganze Vorderflügelfläche auf den ersten Blick einfarbig dunkelgrau erscheint; sie verlängern sich öfters verdünnt etwas einwärts, um in der Flügelmitte unter einem stumpfen Winkel zusammen zu treffen — was jedoch in der Wirklichkeit selten völlig geschieht — dessen Scheitelpunkt über die Mitte des Hinterrandes gerichtet ist. Die Franzen sind am Aussendrittel hellgrau und ohne schwarze Pünktchen.

Hinterflügel ziemlich dunkelgrau, mit deutlich abgesetzter Spitze; die helleren Franzen schimmern an der Wurzel gelblich, welche Farbe fast eine den Rand einfassende Linie bildet.

Die ganze Unterseite ist einfarbig grau, auf den Vorderflügeln überall, auf den Hinterflügeln nur in einem breiten Vorderrand- und einem schmalen Hinterrandstreifen sehr dicht mit schwärzlichen Stäubchen bestreut.

Als Vaterland dieser bestimmt weit verbreiteten Art ist bis jetzt nur die Gegend von Glogau und Stettin bekannt.

9. Swammerdamia spiniella H.

Wir haben, wenn wir die unverkennbare Apicella übergehen, bei Stettin 4 einander äusserst nahe stehende, aber
doch ganz sicher verschiedene Arten: Spiniella H., Heroldella Fr. FR., Oxyacanthella Dup., Pyrella Vill.

Sie trennen sich paarweise sehr bestimmt von einander,
indem das erste Paar einen schneeweissen Kopf und solchen
Thorax und am Innenrand der Vorderflügel einen schlecht
begrenzten, aber bis zur Falte reichenden, vor der Mitte unter-
brochenen, weissen Streif bis zu den Franzen des Innenwinkels
hat; bei dem zweiten Paar ist die Farbe der Kopfhaare weiss
oder gelblichweiss, der Thorax aber, dagegen scharf ab-
stechend, überall grau, und die Vorderflügel sind am Innenrande, wenn auch an derselben Stelle wie dort unterbrochen,
doch nur etwas lichter als auf der übrigen Fläche. Die das
zweite Paar bildeuden Arten lassen sich als Schmetterlinge
leicht und sicher unterscheiden; bei Oxyacanthella glänzen
bloss die Hinterrandfranzen hell kupferfarben; bei Pyrella
ist dieser Glanz intensiver und verbreitet sich mit violettem
Schiller bis über den Hinterrand und weit in die Flügelspitze
hinein.

Die zwei andern Arten sind sich aber so ähnlich, dass
sich kaum recht zuverlässige Merkmale angeben lassen, und
dass man, um völlig sicher zu gehen, sie aus den Raupen
erziehen muss. Heroldella hat stets gestrecktere Vorderflügel
mit hellerer Grundfarbe, in welcher die Längsreihen dunkel-
brauner Punkte deutlich hervortreten, und der braune Fleck
vor der Mitte des Innenrandes ist gewöhnlich zu einer voll-
ständigen, nach aussen geneigten, in einiger Entfernung vom
Vorderrande verlöschenden Binde fortgesetzt. Unter den
Exemplaren von Spiniella giebt es einzelne mit etwas schmä-
leren Vorderflügeln, deren Gestalt sich also der von Heroldella sehr nähert; und wenn ich unter mehr als 50 Exemplaren von Spiniella kein einziges sehe, bei welchem der
Innenrandfleck nicht von dem über der Falte liegeuden Fleck
breit getrennt wäre, so besitze ich doch ein von mir selbst
in England gefangenes Männchen der Heroldella, bei dem die
Trennung eben so vollständig ist. Jedenfalls muss die gestrecktere Vorderflügelgestalt und die schwärzliche Binde
statt der zwei getrennten Flecke als Hauptmerkmal der Heroldella zum Uuterschiede von Spiniella gelten. Es ist aber
deshalb kein Wunder, wenn bis in die neuesten Zeiten beide
Arten, die so sicher wie irgend zwei andere verschieden sind,
als eine einzige angesehen worden sind. Ich selbst habe
Spiniella bei Glogau häufig gefangen und oft gezogen, aber

nicht daran gedacht, ihre Raupe mit der so ganz verschiedenen, bei F. v. Röslerstamm abgebildeten von Heroldella zu vergleichen; daher fing ich erst während der Stainton'schen Bearbeitung der Gattung Swammerdamia im elften Bande der Natural History of the Tineina an, die Richtigkeit der darin gemachten Angaben zu bezweifeln, und die Folge war, dass Stainton im Annual und in der Vorrede zu dem Bande der Nat. History ebenfalls Zweifel aussprach, und dass ich in den Jahren 1869 und 1870 diese Arten in ihrem Raupenstande genau ins Auge fasste und Folgendes, so unvollständig es auch ist, als Aufmunterung zu ferneren Beobachtungen mittheilen kann.

A. S w a m m e r d. spiniella Hbn.

Capillis ac thorace niveis, alis ant. oblongis postice subdilatatis, caesio-cinereis, fusco-punctulatis, macula ante dorsi albi medium maculaque oblique superposita latius distante fuscis, ciliis marginis postici subcupreo-nitidulis ♂♀.

Ueber das Aussehen dieser Art füge ich zu dem vorhin Gesagten nur Folgendes hinzu. Auf dem Vorderrande der Vorderflügel liegt vor der Spitze ein sehr sichtbarer, meist länglich viereckiger, weisser Fleck, welcher wurzelwärts von einem etwas kleineren, schwarzbraunen Dreieck begrenzt wird; gegen die Flügelwurzel zu wird dieses wieder auf dem Vorderrande von weissen, gehäuften Schuppen begrenzt, die gewöhnlich keinen deutlichen Fleck bilden, bei einigen wenigen Exemplaren aber wirklich zu einem schmalen, sogar den vor der Flügelspitze an Länge übertreffenden und fast eben so scharf umschriebenen vermehrt sind. Da meine sicheren Heroldella-Exemplare nur den weissen Fleck vor der Flügelspitze ausgebildet, den schwarzen davor klein und wenig auffallend, ja meist gar nicht, und davor keine Anhäufung von weissen Schuppen zeigen, so ist das vielleicht auch ein Merkmal zur Unterscheidung der beiden Arten. — Die Hinterflügel sind an beiden Geschlechtern gegen die Wurzel so dunkel wie auf der übrigen Fläche. — Auf dem Rückenschilde haben manche Exemplare ein paar zerstreute schwärzliche Pünktchen, die sich vorn an den Schulterdecken etwas anhäufen, ohne die weisse Rückenschildsfarbe zu alteriren.

Spiniella lebt bei Glogau nicht selten an alten, auf trockenem Boden stehenden Schlehensträuchern. Einst fing ich viele zu Anfang Juni des Abends, als sie bei Regenwetter um ein grosses Schlehengebüsch schwärmten oder sich leicht abklopfen liessen. Aus Raupen, die ich an einem vermoosten Strauch zu Ende Juni sammelte, erhielt ich die Falter im Laufe des Juli. Sie galten mir und Fischer v. Röslerstamm alle als die Treitschke'sche Lita Heroldella. 1865 traf ich die Raupen zahlreich in dem bei Gel. vepretella erwähnten Thale zwischen Frauendorf und Warsow bei Stettin, und von dort holte ich in den zwei verflossenen Jahren viele Raupen. Sie wohnten an den Enden der Aeste alter Schlehensträucher zwischen den Dornen in ziemlich reichlichem Gewebe einsam oder in Gesellschaften von 2—3, zu Ende Juni meist erwachsen, doch oft, ohne krank zu sein, noch sehr klein. Oefters befinden sich an denselben Aesten Röhren der Myel. snavella und Gewebe der Hyponom. variabilis. Ihr Betragen hat für ihr Genus nichts Abweichendes.

Der vorn etwas flache Kopf ist hell ochergelb; die vordersten 4—5 Segmente sind gegen den Kopf hin verdünnt, so dass dieser vor dem Prothorax zu beiden Seiten hervorsteht. Die Grundfarbe des Körpers ist dunkel rothbraun, nach vorn hin dunkler und fast schwarzbraun, beides im Alter blässer und röthlicher. Gleich hinter dem Kopf beginnt eine weissliche, auf dem Prothorax einfache und schmälere, dann bis zum Analschilde doppelte Rückenlinie, die nur auf den 4—5 vordersten Segmenten ziemlich rein und deutlich ist, hierauf aber nach und nach verloschener wird und vor dem Analschild aufhört; bei älteren Raupen ist sie auf den hintern Segmenten besser sichtbar als bei den jüngeren. Zu jeder Seite läuft vom Kopf an auf dem Seitenwulst eine ebenso breite, weisse Linie, die bis zum fünften Segment rein bleibt, auf dem fünften und sechsten verloschener wird und dann gewöhnlich ganz verschwindet, aber auch ziemlich oft vor dem Analschilde wieder deutlicher wird und hier in die Höhe geht. Die Wärzchen sind verhältnissmässig gross und hervorstehend, weisslich oder gelblich, mit einem dunkeln Centralpunkt, der eine aufgerichtete, ziemlich lange, klare Borste trägt. (Analschild — nicht beschrieben.) Vorderfüsse dunkelbraun mit hellen Ringen, Bauchfüsse hell, fast grau.

Ihr weisses Puppengehäuse legt sie oft im Raupengewebe dicht am Aste an. Der Schmetterling der Sommergeneration wird schon zu Ende Juni angetroffen (1 ♂ am 26/6. 59 bei Glogau), entwickelt sich aber in der Regel den Juli hindurch bis nach dem 20. Eine junge, von der Sommergeneration abstammende Raupe, die ganz wie die andern lebte, fand ich zu Anfang September; vielleicht ist es nur die Folge mangelhafter Aufmerksamkeit, dass die Herbstraupen bei Stettin spärlicher als die Sommerraupen zu sein scheinen; nach dem vorhin Angegebenen muss sie wenigstens bisweilen häufig sein.

Auf die beschriebene Raupe lässt sich die Hübner'sche Abbildung der Spinicella allein anwenden; sie stellt eine erwachsene, an einem Schlehenaste kriechende Raupe dar, nur

unnatürlicherweise ohne Andeutung des von ihr bewohnten
Gewebes, aber so unverkennbar, dass ich mich nicht bedenke,
Hübner's Benennung als völlig sicher für meine Art anzu-
nehmen. Die beiden Hübner'schen Schmetterlingsbilder von
Caesiella fig. 172 und 360 (260) stellen offenbar zwei verschiedene Arten vor. Die erstere wendet F. v. Rösl. S. 20
seines Werkes auf seine Lita Heroldella an, obgleich im Bilde
— in zwei verglichenen Exemplaren des Werkes — Kopf
und Rückenschild ganz dunkelbraun, dazu sehr lange Taster,
und die Vorderflügel ohne hellen Innenrand gegeben sind.
HS., Frey und v. Heinemann übergehen diese fig. 172 ganz
und citiren zu ihrer Caesiella Hübner's fig. 360 (260), nachdem Treitschke (9, 2. 157) sie zu seiner Caesiella (der jetzi-
gen Argyr. mendica Haw.) gezogen hatte. Die Richtigkeit
der Treitschke'schen Ansicht bezweifelte ich Linnaea entom.
II. S. 265 Anm. 2; die andere Bestimmung stösst Stainton
um, indem er in fig. 360 seine Caesiella (welche Oxyacanthella Dup. ist) als recognizably figured anerkennt. Nun zeigt
aber das Bild am Vorderrande vor der Vorderflügelspitze
die zwei weissen, durch einen schwarzen Fleck getrennten
Stellen sehr deutlich (wie ich sie nur bei einer Menge Spiniella und Oxyacanthella, gar nicht bei Heroldella sehe) und
keine dunkle, vom Innenrande ausgehende, oben abgebrochene
Binde, sondern dafür bloss einen bis zur Falte reichenden
schwarzen Fleck (was wieder nicht auf Heroldella, aber auch
nicht auf Oxyacanthella, sondern einigermassen auf Spiniella
passt); der Thorax hat ein paar weisse Flecke und erscheint
dadurch theilweise weiss (weshalb sich mit gleichem Rechte
behaupten lässt, er solle Spiniella oder Heroldella oder Oxyacanthella andeuten); die weisse Stirn ist ein blosser Punkt!

    Da nun noch eine Caesiella H. dazu kommt, die wenig-
stens als Raupe abgebildet ist (Tin. III. Tortricif. B. d. fig.
2a—c) und welche F. v. Röslerst. und Stainton zu Pyrella
(Cerasiella) ziehen, so ist es wohl das Beste, sich des Namens
Caesiella für eine unserer Swammerdamien so lange zu enthalten, bis sich eine Tinea findet, die der fig. 172, welcher
er allein als der ältesten Caesiella gebührt, genau entspricht.

B. Swammerd. Heroldella Tr.

    Capillis ac thorace niveis; alis ant. elongatis, postice
leviter dilatatis, caesio-cinereis, fusco-punctulatis, fascia
antice abbreviata nigricante ante dorsi albi medium, ciliis
brunnescenti-cinereis, nitidulis.

    Var. b. thorace grisescente.

    Var. c. ciliis subcupreis.

    Die schlanke Raupe ist etwas flach cylindrisch, in den

3 Thoracal- und den 2 letzten Hinterleibssegmenten verdünnt, mit ochergelbem (auch grünlich ochergelbem) Kopf, hellgrün, auf dem Rücken und über dem Seitenwulst dunkelgrün. Jedes Segment hat neben dem Rückengefäss je einen länglich eiförmigen, hellgelben Fleck; diese Flecke — im Ganzen 10 Paare — sind von den Vorder- und Hinterrändern der Segmente breit getrennt, und jeder ist durch eine Querfalte in zwei Hälften getheilt, von denen jede ein schwarzes Borstenwärzchen oder Pünktchen trägt. Nur der vorn schmal gelblich gerandete Prothorax hat auf dem Rücken einen ochergelben, in der Mitte nach der Länge getheilten Fleck. Unterhalb des ersten schwarzen, in den gelben Rückenfleck eingeschlossenen Wärzchens liegt auf jedem Segment noch ein solches Wärzchen, von einem hellen, nicht scharf begrenzten Hof umgeben. Der Seitenwulst ist mit einer undeutlich begrenzten, blassgelben Längslinie bezeichnet, die in den Einschnitten durch die grüne Grundfarbe unterbrochen ist und je nach der Bewegung des Körpers in der Deutlichkeit ändert. Das Analschild ist dreieckig, grünlich, dunkler gerandet, in der Mitte bräunlich, auf jeder Seite mit 2 gelblichen Flecken (also im Ganzen mit 4), deren jeder ein schwarzes Wärzchen mit einer Borste trägt. Brustfüsse ochergelblich, bräunlich getfleckt; Bauchfüsse hellgrün.

Je jünger die Raupe ist, desto dunkler ist ihr Rücken, und wenn die 2 Reihen gelblicher Rückenflecke nicht so deutlich wären, so könnte man sagen, ihre Grundfarbe sei gelblich, und in derselben eine schmale dunkelgrüne Dorsallinie und zu jeder Seite eine breitere, aber lichter grüne Subdorsallinie.

Mit dieser Beschreibung verglichen ist F. v. Rslstamm's Abbildung Taf. 13 fig. B. nur sehr mittelmässig. Die Rückenfleckchen sind darin nicht gelb, sondern weisslich, auch nicht scharf umschrieben und laufen auf Segment C. nicht paarweise in einen ovalen Fleck zusammen; der unterhalb des ersten schwarzen Punktes liegende Punkt befindet sich in einem Fleck von fast derselben Beschaffenheit wie die andern, statt dass er in einer blossen hellen, wenig auffallenden Lichtung enthalten sein sollte. Aber diese und andere Abweichungen kommen sicher auf Harzer's, des Künstlers, Rechnung und entsprechen nicht der Natur. Dagegen stellt fig. a. die Raupe recht naturgetreu auf ihrer Wohnung am Birkenblatt dar, während bei Stainton (Nat. Hist. Tin. XI. pl. 2 fig. 1) die Raupe der Griseocapitella, die sicher nicht anders wohnt, zu klein, ohne Gespinnst, ohne Zusammenziehung des Blatts gezeichnet ist, so dass sie wenig Charakteristisches bietet. Das vergrösserte Bild der Raupe von Griseocapitella fig. 1a entspricht der Heroldellaraupe viel besser als das FR'sche; es weicht ab durch den viel dickern Prothorax, den weniger dreieckig herzförmigen Kopf und den Mangel aller Behaarung, der ohne Zweifel nur ein zufälliger ist.

Die Raupe lebt auf der Oberseite eines Birkenblattes, welcher sie durch unregelmässig gezogene Querfäden eine concave Gestalt giebt. Hier wohnt sie einsam, gewöhnlich zwischen den Fäden verborgen, wenn sie nicht mit Fressen beschäftigt ist; bei Störungen schiesst sie schnell heraus und lässt sich fallen Bei feuchtem Wetter findet man mehr Fäden gezogen, und sie sitzt ganz unter denselben auf dem Blatt, um besser vor der Nässe geschützt zu sein. Ich traf sie zu Ende September 1870 in den Birkengehölzen bei Carolinenhorst (an der Eisenbahn in der Mitte zwischen Stettin und Stargard) zahlreich an den Sträuchern, fast gar nicht an den magerern Blättern der Bäume. Da ihre Gewebe mit Nebeltropfen bedeckt waren und dadurch ganz weiss wie Spinnengewebe aussahen, so waren sie des Morgens sehr leicht zu bemerken. In der Gefangenschaft wohnten oft drei friedlich auf demselben Blatt. Im Freien erfolgt ihr Einspinnen zur Verwandlung sicher am Boden unter abgefallenem Laube. Die Schmetterlinge dieser Herbstraupen, deren Entwicklung sich durch Stubenwärme beschleunigen lässt, fliegen nach der ersten Hälfte des Mai bis in den Anfang des Juni und werden von den untersten Aesten der Birken abgeklopft. Die zweite, vielleicht spärlichere Generation wird zu Ende Juli gefangen. — Als sichere Fundstellen kann ich die Gegenden von Nixdorf (von wo ich die Art von F. v. R. erhielt), Glogau, Meseritz und Stettin nennen.

Die im Ganzen schwachen Unterschiede der Schmetterlinge von Heroldella und Spiniella sind oben angegeben; ich füge hier noch Folgendes bei. Die Vorderflügel sind beim ♀ etwas breiter und kürzer als beim ♂ und haben auch meistens mehr Weissliches in die Grundfarbe gemischt. Die Franzen sind nur gelbbräunlich grau, sehr selten (Var. c.) mit schwachem Kupferschimmer. Rückenschild und Kopf sind gewöhnlich rein weiss, ersterer zuweilen mit einzelnen schwarzen Pünktchen bestreut und an den Schulterdecken, ausser an den Rändern grau angelaufen; zuweilen (Var. c.) haben aber Rückenschild und Schulterdecken durch bräunliche Stäubchen ein graustaubiges Ansehen, während die Kopfhaare rein weiss bleiben. Dass die Hinterflügel nicht die Zuspitzung wie in F. v. R's fig. K haben, überhaupt in der Gestalt nicht von denen der Spiniella verschieden sind, und dass den Vorderflügeln nie der weisse Subapicalfleck fehlt wie in derselben Figur, sei ausserdem erwähnt.

Da die Raupe der Griseocapitella der von Heroldella so ähnlich ist, dass ich ihre Abweichungen nur einer mangelhaften Darstellung zuschreibe, so schliesse ich hier die Frage an, ob Griseocapitella nicht als climatische oder Localabänderung zu Heroldella gehört.

Nach meinen 5 von Stainton erhaltenen Exemplaren ist die Abbildung der Griseocapitella fig. 1m kenntlich; sie sollte nur in der Mitte der (reichlichern) Kopfhaare etwas mit Braun gemischt, in den Vorderflügeln mit violettlichem Schimmer versehen und in den Hinterflügeln, wenigstens rechts, weniger lang zugespitzt sein. Kein einziges meiner Exemplare von Heroldella hat eine andere als rein weisse Farbe der Kopfhaare, und keines so dunkle Vorderflügel wie Griseocapitella; dass bei dieser aber der Innenrand der Vorderflügel nicht immer so dunkel ist wie in der Figur, beweist ein Stainton'sches ♀, bei dem er bis zur Falte fast weiss ist, womit wohl auch der Umstand in Zusammenhang steht, dass die Endhälfte der Schulterdecken eine ganz weissliche Farbe hat. Herr v. Heinemann, der die Griseocapitella auch bei Braunschweig gefangen hat (Schmett. v. Deutschland. Tineen S. 107), giebt den Kopf in der Diagnose als „weiss, hinten bräunlich" an, in der Beschreibung als „weisslich, mehr oder weniger braungelb gemischt" und erklärt die Artrechte für noch zweifelhaft. Das ist wohl das einzige Sichere, was sich vor der Hand sagen lässt.

Stainton schreibt (XI., S. 61.): „F. v. R. lieferte die Raupe der Griseocapitella als Heroldella; auch manche seiner Bemerkungen passen augenscheinlich hierher, z. B. das dunkle Innenrandfleckchen gegen den Analwinkel, aber der weisse Kopf und Rücken passt, wenn Griseocapitella nicht auf dem Continent ein ganz verschiedenes Aussehen annimmt, offenbar auf die an Weissdorn lebende Caesiella" i. e. Oxyacanthella *). Er hat also keine echte Heroldella in England gefangen. Nun habe ich aber selbst in seiner Gesellschaft im Juli 1852 an den Birken bei Mickleham ein Männchen erhalten, das ich zufolge seines rein weissen, nur etwas braun punktirten Thorax, seiner sehr hell gefärbten Vorderflügel und des schwachen, schwarzen Punktes vor dem weissen Subapicalfleck entschieden für Heroldella erklären muss, wenn es auch die auf Spiniella passende Abweichung zeigt, dass vor der Vorderflügelmitte keine schwarzbraune Binde liegt, sondern zwei weit getrennte Flecke!

---

*) Die doch stets einen grauen Rücken hat, während Stainton
. 7t dem Männchen ein weisses, dem ♀ ein graues Rückenschild
zuschreibt.

Von Nubeculella Tgstr. besitze ich durch Tengström selbst ein Männchen und ein Weibchen. Das ♂ stimmt in Allem mit Griseocapitella überein und ist sicher diese Art. Das ♀, das Stainton sah und mir als „Griseocapitella?" zurückschickte, hat einen schneeweissen Kopf und weicht auch sonst von Heroldella so wenig ab, dass ich es für eine sichere Heroldella erklären würde, wenn nicht sein Rückenschild so dunkel wie bei Oxyacanthella, also viel dunkler als bei irgend einer Heroldella meiner Sammlung wäre. Aber für Oxyacanthella möchte ich es wegen seiner Kopffarbe und seiner hellen, grau gefranzten Vorderflügel so wenig wie Stainton halten. Die Diagnose für Nubeculella in der Finl. Fjäril-fauna p. 112 ist gleichsam nach dem vorliegenden ♀ aufgestellt: al. ant. albae squamis caesio-fuscis crebre et subtiliter conspersae — — capilli palpique albidi. Aber in dem Catalogus Lepid. Fennic. praecursorius (Helsingfors 1869) wird ausser Swamm. nubeculella noch eine „Swamm. variegata Tgstr. mus. Griseocapitella var. Stt." aufgestellt und pag. 74 so charakterisirt: al. anticis, apice nubeculaque ante medium obliqua tantum obscurioribus exceptis, niveo fuscoque variegatis, ciliis cupreo-nitentibus, ad angulum ani squamis niveis intersectis, thorace et patagiis cinereis, pilis capitis albidis, antennis distincte fusco alboque annulatis. al. expans. 14 mill. ♂. Nur die Franzen des mir mitgetheilten ♀ sind nicht kupferglänzend und die capilli nivei, nicht albidi; sonst passt alles auf dasselbe.

C. Swammerd. oxyacanthella Dup.

Capillis exalbidis, thorace obscure cinereo; al. ant. elongatis postice leviter dilatatis, caesio-cinereis, fusco-punctulatis, fascia obliqua nigricante ante dorsi dilutioris medium, ciliis cupreo-nitidulis ♂♀.

Var. b. macula costae alba subapicali nulla.

Tinea oxyacanthella (de l'aubépine) Dup. Suppl. 4. p. 205. pl. 67. fig. 9 (mala). — Nowicki: Lepid. Haliciae p. 170. 1036. Swammerd. oxyacanthella HS. V. S. 281. fig. 327. — Heinemann: Schm. Deutschl., II. Tin. S. 106. — Rössler: Schm. v. Nassau S. 224. 1352. — Stange: Schmett. v. Halle S. 84.
Swammerd. caesiella Stainton: Nat. History Tin. XI. p. 64. pl. 2. fig. 2.

Weil ich an die Artverschiedenheit der Oxyacanthella und Pyrella nicht recht glaubte, so war es mir erwünscht, bei Meseritz an einigen recht alten, einsam auf trockenem Boden stehenden Weissdornsträuchern die Raupe der erstern anzutreffen und in ungefähr 150 Exemplaren zu erziehen. Um die Mitte des Juni gab es Raupen und Puppen in solcher

Menge, dass ich es bequem fand, die am meisten besetzten Aeste nach Hause zu tragen. Die Puppengespinnste sassen zwischen den verdorrten Blättern oft in Mehrzahl beisammen. Das Auskriechen erfolgte vom 18. Juni an und dauerte über einen Monat fort. Hier bei Stettin fand ich in der bei Spiniella angegebenen Localität an den wenigen, abgesondert von den Schlehengebüschen wachsenden Weissdornsträuchern mehrere Raupen am 30. Juni. Weil diese Sträucher auch von Suavellaraupen bewohnt waren, so vermuthete ich um so mehr in ihnen gleichfalls Spiniellaraupen; ich sonderte sie aber von den an den Schlehensträuchern gesammelten Spiniellaraupen ab und untersuchte sie zu Hause; nachdem mich schon ihr Aussehen von der specifischen Verschiedenheit überzeugt hatte, wurde sie noch durch die am 7., 12., 13., 14. und 18. Juli ausgekrochenen Schmetterlinge, die alle völlig sichere Oxyacanthella sind, bestätigt. Dass eine doppelte Generation besteht, geht daraus hervor, dass ich bei Glogau und Meseritz mehrere Exemplare in der ersten Hälfte des Mai (ein gutes ♂ noch am 27.) gefangen habe. Doch scheint diese Generation, auch nach Stainton's Erfahrungen, weniger zahlreich zu sein, als die im Juli fliegende. Mit Stainton nehme ich an, dass das Futter der Raupe nur der Weissdorn ist, während der Schlehenstrauch, den mehrere Autoren anführen, allein Spiniella nährt.

Die Raupe ist in Gestalt und Grundfarbe von der der Spiniella nicht verschieden. Aber 1. trägt nur der Prothorax (bei Stainton als das 2. Segment geltend) eine weisse, schmale Längsstrieme, und auf den folgenden Segmenten ist nur die Grundfarbe neben dem verdunkelten Rückengefäss gelichtet — statt dass bei Spiniella eine auf dem Prothorax anfangende weisse, deutlich begrenzte Dorsalstrieme läuft, die freilich auf den hinter dem Prothorax folgenden Segmenten allmählich blässer wird, aber immer schmäler ist als die Lichtung der Grundfarbe bei Oxyacanthella. Die Folge von letzterem Umstande ist, dass 2. die weisslichen Wärzchen bei Oxyacanthella auf der Grenze der Lichtung liegen, bei Spiniella aber tiefer abwärts innerhalb (nicht am obern Rande) der einen dunkeln Subdorsalstreifen bildenden Grundfarbe. Jedes Segment hat bei Oxyacanthella zwei solche Wärzchen mit dunklem, haartragendem Centrum. 3. Ist bei Oxyacanthella der weisse Seitenstreif bis ans Analende ununterbrochen und nur auf den 5 ersten Segmenten an seiner obern Hälfte ochergelblich — statt dass er bei Spiniella auf den 4 ersten Segmenten rein weiss bleibt, auf den 2 folgenden verloschener wird, hierauf gewöhnlich ganz verschwindet und nur oft vor dem Analschilde wieder deutlicher wird. Das Analschild ist klein, dreieckig, zugespitzt mit einigen weisslichen Höckerchen und 2 horizontal nach hinten hinausstehenden Borsten. Alle Beine sind hellgrau.

Es ergiebt sich hieraus, dass die beiden Raupenarten unter einander keine geringe Aehnlichkeit haben, aber von denen der Heroldella (und Griseocapitella) gänzlich verschieden sind.

Stainton's Abbildung zeigt die Raupe in den vordersten Gelenken nicht schlank und die weisse Linie des Prothorax nicht deutlich genug, und, was mir besonders auffällt, (in Uebereinstimmung mit der Beschreibung) nur an den 4 vordersten Segmenten einen weissen Seitenstreif, wodurch also eine noch grössere Aehnlichkeit mit Spiniella bewirkt wird.

Die Schmetterlinge der Oxyacanthella haben gelblich-weisse oder bisweilen hellgelbliche Kopfhaare und rein weisse, auswärts ausser der Endhälfte des Endgliedes gebräunte Taster. Das Rückenschild, nach Stainton beim ♂ weiss (white in the male) ist bei allen mir zu Gesicht gekommenen Exemplaren in beiden Geschlechtern so gefärbt wie die Vorderflügel, nämlich dunkelgrau und durch reichliche braune Stäubchen noch dunkler. Die Vorderflügel sind immer viel dunkler als bei Spiniella und Heroldella, am Innenrande vor und hinter der schrägen, schwärzlichen, oft den Vorderrand erreichenden Nebelbinde nur etwas gelichtet; das weisse, in der Deutlichkeit etwas wechselnde, nur selten ganz erloschene (Var. b.) Fleckchen vor dem Ende des Vorderrandes hat ein wenig auffallendes schwarzes Fleckchen vor sich, und nur selten bilden vor diesem einige weissliche Schüppchen eine hellere Stelle. Die Hinterrandfranzen schimmern ausser am Innenwinkel gelblich kupferfarbig. — Die Hinterflügel sind auch beim ♂ einfarbig grau.

D. Swammerd. pyrella Vill.

Capillis niveis, thorace obscure cinereo; alis ant. oblongis, postice dilatatis, obscure caesio-cinereis, fascia obliqua nigricante ante dorsi dilutioris medium, margine postico cum ciliis cupreo-nitidis; al. post. cinereis, ♂ dimidio basali albidiore. ♂♀.

Stainton: Nat. Hist. Tin. XI. p. 77. pl. 2. fig. 3. — Heinemann: Schmett. Deutschl. II. Tin. S. 107.

Von dieser Art, die am wenigsten der Verwechslung ausgesetzt war, habe ich mir über die Raupe nichts notirt. Ich bemerke daher hier nur, dass die Abbildung bei F. v. Rösleist. (Cerasiella) den Schmetterling richtiger darstellt, als die bei Stainton, in welcher die Flügel viel zu gestreckt sind und den beliebten Robinson'schen dunkeln Faltenstreif haben, welche Zugabe man sich regelmässig wegdenken muss, um sich eine richtige Vorstellung von einem durch Robinson abgebildeten Schmetterling machen zu können. In der vorliegenden Figur sind die Hinterbeine etwas kürzer gerathen, als Robinson sie gewöhnlich darstellt, so dass sie weniger steif erscheinen und man sich verdickte Schenkel wenigstens hinzudenken kann, während z. B. fig. 1. und 2. die gewöhnlichen Steifheine zeigen, die aus einem unnatürlich langen Schienbein und den Fussgliedern bestehen.

10. Coleophora Attalicella n. sp.

Antennis albis, articulo basali leviter incrassato; al. ant. luteis, postice obscuratis, vitta lata costali, linea latiore plicali, linea disci postici in medio puncto nigro interrupta dorsoque anguste niveis nitidis. ♀.

Ihrer Zeichnung nach würde sie zu meiner Abtheilung C. (Apista in Linnaea Ent. 4, 197) gehören; aber der gänzliche Mangel eines Haarpinsels am Wurzelgliede der Fühler verweist sie in die Abtheilung D, in welcher sie sich durch ihre silberglänzende Zeichnung von allen Arten so sehr unterscheidet, dass ich nicht anstehe, sie nach einem einzelnen Exemplare zu beschreiben. Nur ihre Landsmännin Quadrifariella kommt ihr in Fühlerbau und Zeichnung sehr nahe; sie ist aber viel grösser als Attalicella, mit schmälerem Costalstreif und ohne den schwarzen Punkt etc.

Grösse der Niveicostella: Kopf und Rückenschild weiss, in der Mitte etwas verdunkelt; Schulterdecken silberglänzend. Taster von Rückenschildlänge, schlank, weiss, unten gebräunt; zweites Glied zusammengedrückt, unten etwas abstehend behaart und mit einem bis kaum $\frac{1}{3}$ des Endgliedes reichenden Haarbüschchen; Endglied halb so lang wie das 2. Glied, dünn, zugespitzt. Fühler weisslich, über dem grauen, schwach verdickten Wurzelgliede in einer diesem gleichkommenden Länge etwas verdickt. Beine auswärts gelbbräunlich; Hinterschienen auf der Schneide mit langen, weisslichen Haaren; Hinterfüsse weisslich, an der Wurzel der Glieder etwas verdunkelt. Hinterleib ziemlich kurz, streifenförmig, grau, an den Seiten und Hinterrändern der Segmente glänzend weisslich beschuppt; Legestachel gelblich.

Vorderflügel 2½ Lin. lang, länglich, am Enddrittel (die Franzen nicht beachtet) zugespitzt, mit lehmgelber, auf dem Enddrittel braun angelaufener Grundfarbe, die aber einen geringern Raum einnimmt als die schneeweissen, silberglänzenden Zeichnungen. Eine breite solche Strieme zieht von der Basis aus am Vorderrande hin und geht in die gelblich-

weissen Vorderrandfranzen über; an der Basis ist sie etwas
verengert. Dicht über der Falte zieht gleichfalls von der
Basis aus eine breite silberweisse Linie in gleichmässiger
Breite bis in die Nähe des Hinterrandes. Ueber ihrem Ende
liegt in der Grundfarbe eine hinter der Flügelmitte beginnende
silberweisse, krumme Linie, die in der Mitte, wo sie am meisten nach unten gekrümmt ist, einen grossen tiefschwarzen
Punkt trägt, dahinter verloschener ist und nahe am Hinterrande hinziehend verlischt. Auf dem Innenrande läuft bis zu
den Franzen eine dünne silberweisse Linie Hinterrandfranzen
grau, an der Wurzel schmal weisslich beschuppt.

Hinterflügel am Enddrittel stark zugespitzt, grau, heller
gefranzt.

Unterseite bräunlich grau mit breiter, weisslicher Costal-
strieme, die von der Wurzel aus bis zur Hälfte am Vorderrande grau angelaufen ist. Die hellern Franzen sind durch
eine feine, verloschene, weissliche Linie von der Flügelfläche
getrennt. Hinterflügel hellgrau, an der Wurzel dunkler, in
der Spitze weisslich.

Ich erhielt das Exemplar durch Christoph aus Sarepta,
wo die Art im Juni fliegt und selten ist.

11. Coleophora pratella n. sp.
Taf. 2. fig. 6.

Antennis albis, articulo basali crassiusculo sine penicillo;
palporum fasciculo dimidium articuli terminalis aequante; al.
ant. angustulis, acuminatis, albidis, impunctatis, venis ♂ obscure griseis, dilatatis, ♀ lutescentibus, tenuioribus; al. post.
anguste acuminatis, plumbeo-cinereis. ♂♀.

Nach ihren einfachen Fühlern und auf hellem Grunde
dunkel geaderten, sonst durchaus nicht dunkel punktirten
Vorderflügeln gehört sie in die Unterabtheilung d, *a* der
Gruppe D (Astyages) und kommt den Arten Therinella
(als welche ich sie früher bestimmte), Troglodytella und
Conyzae Hnm. *) ausserordentlich nahe. Von den 2 letztern
Arten sind die Säcke bekannt, welche ihre specifische Ver-
schiedenheit von Pratella unzweifelhaft machen; aber die
Unterscheidung der Schmetterlinge ist nichts weniger als leicht.

Bei Pratella sind die Fühler weiss und nur scheinbar
au der Basalhälfte hellgrau geringelt, weil die Glieder abge-
setzt sind, weshalb sie in gewisser Richtung ganz einfarbig
weiss erscheinen. An den Tastern ist das dritte Glied halb

---

*) Von Conyzae habe ich den Sack in der Raibler Fauna S. 61
beschrieben.

so lang wie das zweite, dünn, fein zugespitzt; der Haarbusch
des zweiten reicht bis zur Hälfte des dritten. Die Vorderflügel sind ziemlich schmal und lang zugespitzt; die weisse
Grundfarbe tritt zwischen den scharf abgegrenzten Längsstreifen auch für das blosse Auge deutlich hervor. Diese
Längsstreifen, in der Zahl und Lage ganz mit denen der andern Arten übereinstimmend, sind beim ♂ gelbbräunlich grau,
beim ♀ reiner gelblich, auch schmäler und schärfer ausgedrückt;
die gegen den Vorderrand gerichteten bleiben an ihren Enden
unverbunden. Die Hinterflügel sind schmal und lang messer-
förmig, an der Endhälfte allmälig zugespitzt, dunkel bleigrau,
heller grau gefranzt. Auf der Unterseite sind alle Flügel
dunkelgrau und an der Endhälfte in wechselnder Ausdehnung
hell und mit Ocherfarbe gemischt.

Therinella und Troglodytella zeigen beim ersten Anblick
eine gelblichere Färbung der Vorderflügel, und bei der erste-
ren fliessen die, auch beim ♂ mehr gelblichen Längsstreifen
auf der Innenrandhälfte etwas in einander. Troglodytella,
bei der dies viel weniger der Fall ist, hat entschieden kür-
zere und breitere Vorderflügel, und das Weisse zwischen den
reiner gelblichen Adern glänzt ein wenig; der Haarbusch
des zweiten Tastergliedes reicht bis kurz vor das Ende des
dritten und bildet mit diesem eine fast gleichzähnige Gabel.
— Die Vorderflügel der Conyzae erscheinen wegen der fei-
nern, blässer gelblichen Adern viel weisser als bei Pratella;
auch hat das Weiss einen schwachen Glanz.

Pratella flog 1869 auf dem Theil der „Grünen Wiese"
bei Grabow, der als Hauptaufenthaltsort von Polyomm. Helle,
Hipp. Phaedra, Cosmopt. orichalcea etc. am fleissigsten von
uns besucht wurde, im Enddrittel des Mai auf den Stellen,
wo Polygonum bistorta sehr häufig wuchs, Abends in solcher
Menge, dass ihr nur die anderwärts und später auftretende
Caespititiella darin gleich kam und nach meinen Erfahrungen
nur Laricella sie übertraf. Weder ihr Flug noch ihr Fang
zeigten etwas Auffallendes. Noch in demselben Jahre wurde
dieser Theil der Wiese in Kohlbeete umgearbeitet und somit
unser Jagdrevier vernichtet. Auf andern Stellen derselben
Wiese, die kein Polygonum enthalten, ist mir, so fleissig ich
sie auch besuchte, die Coleophore nicht zu Gesicht gekommen.
Auf den Torfwiesen bei Tantow, 3 Meilen von Stettin, wo
das Polygonum sehr reichlich wächst, flog am Abend des
8. Juni 1870 dieselbe Art in so grosser Menge, wie früher
auf der verloren gegangenen Wiese. — Ein gutes ♂ habe ich
bei Meseritz auf den gleich beschaffenen Wiesen beim Juden-
berge vor mehreren Jahren am 4. Juni gefangen. Dr. Schleich
hatte früher vermuthet, dass die Raupe am Polygonum lebe;

aber seine Nachforschungen waren stets erfolglos geblieben. Im Winter liess er daher einen Sack voll Moos von jener Stelle der Grünen Wiese sammeln und fand beim Durchsuchen mehrere Coleophorensäckchen, die ihm im Mai die Pratella lieferten. Ich erinnerte mich, einst im Herbst bei Glogau auf einer Torfwiese an einer Spergula (nodosa?) einen kleinen Coleophorensack gefunden zu haben, und vermuthete daher, dass er der Pratella angehört haben möge. Aber auf der Grünen Wiese gab es nirgends eine Spergula. Somit ist das Futter der Pratellaraupe noch zu entdecken.

Der auffallend kleine, $2\frac{1}{2}-3\frac{1}{4}$ Lin. lange Sack ist ziemlich schlank, fast gerade, cylindrisch, nach vorn und hinten wenig verengt, am Halse ein wenig niedergebogen, fast glatt, sehr hell bräunlich mit braunen, in ungleicher Breite vom Halse bis zur Analklappe gehenden und in der Zahl veränderlichen Längsstreifen; beim längsten Sack sind 9 vorhanden, und 3 laufen am Bauche und erweitern und vereinigen sich hinten; bei dem zweiten sind überhaupt nur 4, von denen die auf dem Rücken schmal, die andern breit sind, und zwar an jeder Seite und am Bauche einer; beim dritten lassen sich 5 Streifen erkennen, aber in sehr heller Färbung, wofür die Zwischenräume hier und da mit dunkelbraunen Punkten, d. h. Schmutztheilchen bestreut sind; beim kleinsten, zugleich hellsten, fehlen sie gänzlich, und dies mag ein jüngerer Sack sein, aus dem daher kein Schmetterling erschien. Die vordere Oeffnung des Sackes ist kreisrund, sehr schräg von oben nach hinten, mit etwas aufgeworfenem Rande. Das Analende ist sehr stumpf und dreikantig mit 3 scharfen Kanten, von denen die unterste in die Bauchkante fällt.

Mann schreibt mir: „Col. pratella sieht der Col. trogonella FR. so ähnlich, dass ich keinen Unterschied herausfinde". Eine Trogonella führt weder der Staudinger-Wocke-Catalog, noch das HS'sche Werk, noch Duponchel auf; dies scheint also ein Sammlungsname geblieben zu sein.

Nachtrag. Der erste Bogen dieser Arbeit war schon gedruckt, als es der gütigen Bemühung Dohrn's gelang, mir den 15. Band der Transactions of the Linnean Society zur Ansicht zu verschaffen. Es geht aus demselben mit Sicherheit hervor, dass meine Psyche gigantea einerlei ist mit Oiketicus Kirbyi (Guilding) und an diesen ihren neugeborenen Namen abtreten muss

Da dieser Band wohl wenigen Lesern zu Gesicht kommen wird, so theile ich einiges daraus zur Ergänzung meiner Beschreibung mit.

Die Abhandlung des Rev. Lansdown Guilding führt den Titel: the natural history of Oiketicus, a new and singular genus of Lepidoptera und enthält auf 3½ Quartblättern (von S. 371—377) nur wenig Nachrichten, bezieht sich vielmehr hauptsächlich auf die Tafeln, von denen 6 und 7 den Oik. Kirbyi, 8 den Oik. Macleayi erläutert. Unter den Gattungs-merkmalen wird für das ♂ auch abdomen extensile, elonga-tum und glans penis longitudine corporis, extensilis, non re-tractilis? spinulis recurvis sparsis gegeben; für das ♀ fälschlich imago semper pupicola, welche Angabe G. selbst widerlegt, indem er S. 372 schreibt: the female — — having performed her duty (die Pflicht des Eierlegens innerhalb der Puppen-schale) (either) presses herself through the thoracic carina, reduced to a shrivelled morsel of dried and scarcely animated skin (or dies within the case). Dass der Thorax nicht aus „segmentis 4" bestehe, vermuthet er selbst, indem er ein Fragezeichen dahinter setzt.

Guilding beobachtete beide Arten in Westindien (in welchem Theile, ist vermuthlich in einem früheren Bande der Proceedings angezeigt). Ueber den Oik. Kirbyi bemerkt er: hortorum pestis in Terminaliis aliisque arboribus vorax. Zu-folge Taf. 7 fig. 5 ist der männliche Sack etwas über 2 Zoll lang, wozu noch 5 Lin. für den Anheftungstrichter kommen; meine Vermuthung, dass er noch länger als der weibliche sein werde, ist dadurch widerlegt. Der männliche Schmetter-ling, Taf. 6 fig. 1 vergrössert abgebildet, hat nach fig. 3 1 Zoll 8 Lin. Flügelspannung, die also der einer grossen männlichen Lip. V-nigrum entspricht; die Flügelgestalt ist aber mehr die eines Cossus. — An der Raupe Taf. 7 fig. 7 ist nur das hintere Paar Brustfüsse so lang, wie ich angab; die beiden vorhergehenden sind viel kürzer und dünner. — Der weibliche Sack fig. 6 trägt kaum ein einziges Holzstück-chen quer angeheftet und keins von der Dicke wie bei dem aus Pernambuco. — Das frische Weibchen Taf. 6 fig. 6 u. 7 ist länglich eiförmig, 1 Zoll 10 Linien lang, dicker als das getrocknete (in der grössten Breite 9 Lin.) und zeigt knospen-förmige Fussspuren und sogar kleine Augen; nach fig. 10 zu schliessen muss es eine ungeheure Zahl von Eiern enthalten. — Das Innere des Sackes und dieser in seiner Einhüllung sind nicht abgebildet und werden auch nirgends erwähnt.